라라 종그랑
Lara Djonggrang

한국 · 인도네시아 5인 시집

Antologi 5 penyair Korea dan Indonesia

라라 종그랑
Lara Djonggrang

시|Penyair | Nenden Lilis A 넨덴 릴리스 아
         김길녀 Kim Gil Nyu
         Ratna M Rohman 라뜨나 엠 로히만
         채인숙 Chae In Sook
         Katherina Achmad 까뜨리나 아마드

사진|Foto | 조현영 Cho Hyun Young
번역|Penerjemah | 노정주 Roh Jung Ju

역락

Puisi hadir tanpa mengenal batas. Ia senantiasa kontekstual dan universal untuk setiap masa dan bangsa. karena ia mengungkapkan dan menggaungkan suara terdalam kemanusiaan.

Tak terkecuali kumpulan puisi perempuan penyair Korea-Indonesia ini. Ada banyak persoalan yang digemakan: mulai dari masalah individual hingga sosial, yang tak terlepas dari suara perempuan, termasuk bagaimana penyair Korea menghayati Indonesia. Keberagaman cara pandang dan gaya khas masing-masing penyair kedua bangsa menambah nuansa buku ini.

Ini akan menjadi sebagai titik awal baru untuk menghubungkan literatur antara kedua negara. Saya merasa senang dan bersemangat untuk mengikut proyek ini karena ini menunjukkan bagaimana kita dapat bertemu melalui literatur meskipun lahir dan tinggal di dunia yang berbeda.

Nenden Lilis A

시는 경계가 없다. 그것은 인간 내면의 가장 깊은 목소리를 표현하고 들려줌으로써, 모든 시간과 국적을 아우르며 보편적으로 다가온다.

한국과 인도네시아 여성 시인들의 시를 한데 엮은 이 시집도 예외는 아니다. 한국 시인이 어떻게 인도네시아를 바라보고 있는지를 포함하여, 개인적 이야기에서 사회적 문제에 이르기까지 여성의 목소리로 다양한 논제를 제공하고 있다. 양국 시인들의 다양한 시각과 각자의 독특한 스타일로 이 시집만의 독특한 뉘앙스가 만들어졌다.

이것은 두 나라 문학을 잇는 새로운 시작이 될 것이다. 서로 다른 세계에서 태어나고 자란 우리가 어떻게 문학으로 만날 수 있는지를 보여주는 이 작업에 동참할 수 있어서 기쁘고 따뜻하다.

넨덴 릴리스 아

차 례 Daftar Isi

1부

BAB 1

Nenden Lilis A
넨덴 릴리스 아

QUE SERA—SERA

— kepada para penyair Indo

pulang dari kotamu malam hari
di kereta yang melaju dalam angin keras musim
dingin
masih terhirup uap anggur yang hangat
parfum tajam menyengat
dan semerbak dadamu dalam kota gemerlap

masih terasa kental bau pertemuan itu
dari tubuh kita tercium napas benua yang jauh
di matamu perahu-perahu nenek moyang berlabuh
mulutmu menjeritkan lagu keroncong tanah yang
hilang
terpatah-patah mengeja syair
dari sebuah negeri ditelan mimpi

(di wajah kami seperti kau lihat kembali bukit
jelita, kebun lada, dan kerinduan itu
"aku pulang! aku pulang!"
tapi suaramu terpendam dataran diam)

akhirnya kami yang mesti pulang
di stasiun Utrecht kita saling melambai
ketika kau berlalu, kulihat kulit coklat
serta rambut hitammu disepuh bulan biru

케 세라—세라
— 인도네시아 시인들에게

한밤중 너의 도시에서 돌아오는 길
세찬 겨울바람 속으로 빠르게 달리는 기차 안에서
아직 따뜻한 포도주 김을 들이마셨네
날카로운 향수 냄새와
반짝이는 도시 속 향긋한 가슴

그 만남의 향기는 강렬했네
우리 몸에서는 먼 대륙의 냄새가 풍겨나오고
너의 눈에는 조상들의 배가 정박해 있었지
너의 입술은 사라진 대지의 *끄론쫑** 노래로 절규했지만
꿈을 삼켜버린 나라에서
시 읽는 소리조차 부서지고 말았네

(우리의 얼굴에서, 너는 돌아갈 아름다운 언덕과 후추
농장과 그리움을 회상했고
"난 집으로 갈 거야! 집으로 돌아갈 거야!"
소리쳤지만, 그 목소리는 침묵 속에 묻히고 말았지)

결국 우리는 돌아서야만 했어
위트레흐트*역에서 서로에게 손을 흔들었지
네가 곁을 스쳐 지날 때, 갈색 피부와
도금된 푸른 달처럼 빛나는 너의 검은 머리를 보았네

*keroncong: 기타보다 작은 인도네시아의 현악기의 일종
*Utrecht 역: 네덜란드의 기차역

PANTAI KLANDASAN
— teringat Y

di tepi laut ini
aku tak menanti kapal
tak peduli walau tak ada hutan bakau
tak mengapa pantai tak begitu luas
dan sepi pengunjung

aku hanya ingin melekapkan jiwa
pada suara ombak yang lirih
sebab di baliknya kutahu ada isak
dan rintih tangismu
membawa luka-luka, bumi, cerita
pedih musim demi musim
yang sekian lama kau pendam dan
sembunyikan di kedalaman

sedang yang kau tampakkan selalu
cakar, gelombang
atau angin yang menghempaskan,
daun-daun ketapang

sementara telah kau saksikan
bagaimana aku selalu ingin menja-
di monumen itu
yang karena ia tegak
memberi arti pada laut dan taman itu
: padamu

meski kusadari
aku sendiri tak ubahnya pedagang
yang termangu
di tenda-tenda kedai pesisir yang
kosong dan sunyi
atau gelondong batang pohon
yang lama terombang-ambing da-
lam gelisah air pasang
lalu terlempar dan terbuang
ke tengah hamparan pasir yang ku-
muh dan asing

클란다산* 해변
— Y를 기억함

그 해변에서
나는 배를 기다리지 않는다
맹그로브 숲이 없어도 개의치 않는다
왜 해변은 이렇게 작고 방문객은 없는 거냐고 묻지 않
는다

부드러운 파도 소리에 영혼을 기울이고 싶을 뿐이지만
오래 감추고 내면 깊이 숨겨왔던
고통스러운 계절의 이야기와 대지의 상처가
흐느끼는 울음과 통곡이 뒤에 숨어 있음을 알았으므로

당신이 파도의 발톱을 드러내고
잎을 내던지는 바람을 일으키는 지금

당신이 지켜보는 앞에서
내가 어떻게 꼿꼿이 서 있는
기념비가 되고 싶었는지
바다와 그 정원의 의미를 알려주려 했는지

:당신을 향해

나 역시, 텅 빈 해안가 구멍가게 천막 밑에
망연자실 서 있는 상인이거나
불안한 만조의 파도 속을 오래 뒹굴다
더럽고 낯선 모래 벌판 한가운데에
버려져 나동그라진 나무토막과
다르지 않을지라도

*클란다산 해변: 인도네시아 칼리만탄 주 발릭파판
에 있는 해변

KEPULANGAN

angin yang bertiup dari laut
serasa menghembuskan kembali
wangi kayu gaharu
parfum beraroma serai
dan harum rempah masakan deng-
an menu rumahan
: menguarkan kabar akan kerin-
duanmu

kemarin kita berpeluk erat
saling merekatkan dekapan hangat
kampung halaman

tetapi, garis-garis wajah tirusmu
melukiskan sketsa nestapa seorang
perantau
dengan sebuah rumah yang tak
selesai
pelabuhan tanpa pintu masuk
bagi penumpang yang ingin pulang

"kepulangan..." suaramu baur, lirih
bagai debur ombak yang jauh

sementara aku sendiri hanya te-
pekur menghikmati laut:
betapa, seluas-luas laut, tetap ada
garis batas
garis batas itu selalu tampak tak ter-
lalu jauh
garis itu mengingatkanku pada se-
helai rambut putih
yang melintang di antara lemba-
ran-lembaran rambut hitamku

begitulah, tak seorang pun bisa
menapikan kampung halaman
garis batasnya kepulangan

귀향

바다에서 불어오는 바람은
침향목 향기를 내뿜고
구문초 향기와
식탁에서 풍기는 향신료 냄새가
너의 그리움을 부르네

어제 우리는 포옹했지
따뜻한 고향의 정원처럼 서로를 껴안았어

하지만 너의 야윈 주름은
이방인의 슬픔을 스케치하고
입구가 없는 항구를 떠나
미완의 집으로 돌아가고픈
승객과도 같았네

"돌아가고 싶어…"
부드러운 너의 목소리가 먼 파도 소리와 뒤섞였지

홀로 바다를 보며 생각에 잠긴 동안에도:

바다는 얼마나 넓은지, 그래도 수평선이 있어
그리 멀지 않은 것처럼 보여
수평선은 내 검은 머리카락 사이를 가로지르는
흰 머리카락 한 올을 떠올리게 해

그래, 누구도 고향의 정원을 버릴 수는 없어
수평선이 귀향한다

*구문초: 남부 아시아산(産)의 향기가 나는 풀

DEJAVU BATU NUMPANG*

masih ada dingin sepanjang perkebunan di garut
selatan
dan dua mulut bertaut di satu cangkir teh panas
di sebuah warung makan dengan keramahan ala
rumahan

kabut turun perlahan menyisir dua hati yang ber-
cakap

"perempuan menembus tiris pagi
saat embun di daun belum sirna direnggut ma-
tahari
demi memetik dan mempersembahkan pucuk teh
terbaik."

"laki-laki memangkas pohonnya di waktu yang
diperhitungkan
biar bertunas cabang-cabang baru yang menum-
buhkan
pucuk-pucuk daun yang merimbun."

tiba-tiba kopi yang dipesan terasa begitu manis
semanis kata-kata dari dua hati yang saling men-
gakui
"lantas apalagi, setelah segala inginku
lunas di dirimu."

눔팡 절벽의 데자뷔

가룻의 남쪽 농장엔 아직 추위가 남았는데
집처럼 포근한 식당에서
두 개의 입술이 뜨거운 차 한 잔을 사이에 두고 포
개어 있네

안개가 두 마음의 대화 속으로 천천히 빗질하듯 내
려앉네

"태양이 잎의 이슬을 채 앗아가기 전에
최상의 차를 신께 바치기 위해
여자들은 새벽을 빠져 나오지"

"싹이 더 많이 돋아나도록
새 가지를 돋우며
남자들은 정해진 시간마다 가지치기를 하지"

서로를 받아들인 마음 속 단어들처럼
커피는 별안간 달콤해지네
"게다가, 난 모든 꿈을
이미 너에게 지불해 버렸으니까"

*눔팡 절벽 BATU NUMPANG : 자바 가룻 지방의
관광명소로 절벽과 차밭으로 유명하다.

PULANG 2

di balik pohon, langit, dan bentangan kusut
kawat listrik
di suatu maghrib, kucari dirimu yang ghaib
(sebuah maghrib di tahun gelap
yang menggayut berat seperti kantung mata
dan carut marut tak ubahnya kulit leher yang
kisut)

di jalanan orang-orang lalu-lalang sambil menari
memamerkan berhala sembahan sendiri-sendiri
dan di kedai-kedai, pengunjung menyemburkan
tuak
serta panah-panah kutukan padaku

O, segala pintu berderit bagai menjerit
kututup telinga batinku yang ngilu

(aku tak menemukan jalan berbeda untuk pulang
sebab tersesat saat mencari jalan berbeda untuk
pulang)

귀향 2

나무, 하늘, 그리고 뒤엉킨 전선 너머
저녁 기도 시간에 보이지 않던 너를 찾는다
(무겁게 매달린 눈주머니 같은
늘어진 목 주름 같은
상처투성이 어두운 해의 마그립)

이리저리 거리를 헤매는 사람들은
춤을 추며 자신들의 우상을 과시하고
상점마다 손님들은 야자 술을 내뿜으며
서로에게 저주의 화살을 내뱉는다

오, 모든 문은 삐걱거리며 비명을 지르고
나는 아픈 마음의 귀를 닫는다

(나는 집으로 돌아갈 다른 방법을 찾지 못한다,
다른 길을 찾는 동안 길을 잃어버렸으므로)

REMEMBRANCE

seseorang yang paling kita kenang

barangkali tak pernah mengenang kita

dan seseorang yang tidak kita kenang

barangkali justru paling mengenang kita

kenangan, membentang bagai rel-rel yang me-

manjang

di stasiun tua kampung kelahiran

biarkan terus membentang

bersama kereta waktu yang selalu setia menjelang

추억

아마도 우리를 기억한 적 없는

우리가 가장 잘 기억하는 사람

아마도 우리를 가장 잘 기억하는

우리가 기억하지 못하는 사람

낡은 고향 역에서 출발해

긴긴 레일처럼 뻗어가는 추억은

충실한 시간의 열차와 함께

쉬지 않고 달려간다네

PINTU 2

ada yang tengah berbiak

berupa noda dan luka di otak

serupa ribuan tapak sepatu

sehabis menginjak tanah selepas hujan

yang dikesetkan di lantai keramik

tapi, kita tak merasa

juga bahwa ada yang melakukannya pada kita

bahkan kita haturkan darah

kita suguhkan rambut dan kuku

dengan bangga

sedangkan pada itu semua

bisa terbaca peta dan segala gerak di nadi

(seakan tak terdengar seseorang menyeru

untuk menjaga pintu–pintu dan menyiapkan sapu lidi

ah, mengapa pintu pun dilepas?)

문 2

뇌에서 번식하는

얼룩과 상처의 형상

비 온 땅을 밟은 뒤

세라믹 바닥에 문질러 놓은

천 개의 신발 자국

하지만, 우리는 느끼지 못한다

누군가 우리에게 저질러놓은 일들

심지어 피를 내어주고

자랑스럽게

머리카락과 손톱을 숭배한다

그저 맥박의 지도로

모든 것을 읽어낼 뿐

(누군가 외치는 소리가 들리지 않는 것처럼

문을 지키고 빗자루를 준비한다

아, 어째서 입구마저 풀려버린 것일까?)

Sungai Batu

aku tak memiliki apa-apa dalam tubuhku

tapi para petani menugalnya seakan tubuhku tanah

kami akan menanam benih., seru mereka

kau pun datang, begitu saja melinggis dadaku

aku haus tedas darah, desahmu

aku katakan padamu

di dadaku tinggal sungai kering berbatu

tak ada lagi yang mengalir

batu? batu pun tak apa-apa

tiba-tiba kau dan petani-petani itu berebut

"yang kita butuhkan sekarang memang batu!"

batu, satu-satunya milikku yang tersisa

mereka ambil

돌

내 몸에는 아무것도 남아 있지 않은데

수많은 농군들이 대지에 구멍을 판다

우리는 씨앗을 심을 거야, 그들이 외친다

네가 왔지만, 그렇게 가슴을 후벼 팔 뿐

진한 피가 필요해, 너는 속삭인다

너에게 말한다

내 가슴에는 말라버린 돌투성이 강만 남았어

더이상 아무것도 남아 있지 않아

돌? 돌뿐이어도 상관없어

별안간 너와 농군들이 싸운다

"지금 우리에게 필요한 건 돌이야!"

돌, 내게 남겨진 유일한 것마저

그들이 가져갔다

EPILOG

pohon renta itu setia menjaga

sehelai daun yang tersisa

titipan musim padanya

tapi pohon itu merasa

alam tak memberi cukup waktu dan tenaga

buat hidupnya

suatu hari angin yang hati-hati pun

dapat meruntuhkan tubuhnya

(tatkala pohon itu akhirnya rebah

daun itu masih di tangkainya)

에필로그

늙은 나무는

계절을 남기고 떠나는

마지막 나뭇잎 한 장을 충실히 지킨다

(줄기 끝에 매달려 있는

누렇고 시든 잎사귀가

땅으로 떨어지지 않도록 보살핀다)

하지만 나무는 느낀다

자연은 삶을 위한

충분한 힘과 시간을 주지 않는다는 것

잔잔한 바람이 부는 어느 날에,

그의 몸은 마침내 무너질 것이므로

SKETSA MALAM

angin tak henti menggulung itu tubuh

dan malam menjanda

밤의 스케치

바람은 멈추지 않고 몸을 굴리고

밤은 미망인이 된다

2부

BAB 2

김길녀
Kim Gil Nyu

순다끌라빠항구에서의 하루

시체 놀이에 지겨워진 나는 작은 가방에 몸을 구겨 넣었다 십 년 동안 데리고 놀던 지병과도 결별을 선언했다 마흔에 찾아온 슬픔의 집 한 채 햇볕 좋은 골짜기 마을에 두고 먼 길을 나섰다 집 안 가득한 곰팡이의 향기는 노랗게 하얗게 더러는 보라로 천천히 익어가리라 발바닥에서 자라던 지느러미가 허리를 지나 겨드랑이에 똬리를 틀었다 바다의 본적이라 부르고 싶은 인니 자바 섬 한가운데 자카르타 술탄에 가방을 열었다 작은 가방에 실려 온 지느러미에서 파파야 주홍 향기가 묻어 나온다 모든 사물에 신들의 이름으로 올리는 낯선 기도 소리가 하루 종일 방문 앞을 서성거린다 지느러미가 꿈틀대며 순다 끌라빠항 늙은 목선 나무 갱웨이를 느리게 오른다 얼굴이 검은 이국의 남자 손 내밀어 마스트로 이끈다 섬나라 검은 숲에서 살아온 목선 수피에는 두고 온 밀림의 하늘 냄새가 여전히 자라나고 있다 나도 목선도 자바 섬 풍경에 익숙해지려고 한다 때마침 지나가는 석양을 받으며 마스트에 걸터앉아 헐렁헐렁한 표정으로 낡은 시계의 시간을 만지작거린다 붉은 트럭에 실려 온 시멘트 가루를 파도 거품에 반죽하여 둥근 시계추에 슬며시 바른다

Di Pelabuhan Sunda Kelapa

Aku yang sudah bosan bermain mayat-mayatan, melipat tubuhku di dalam tas kecil. Aku pun memutuskan berpisah dengan penyakit yang sudah sepuluh tahun bercanda denganku. Pada usia empat puluh tahun kutinggalkan rumah kesedihan di sebuah lembah desa yang cerah. Aroma jamur yang perlahan matang, kemudian menguning, menjadi putih dan terkadang ungu itu meruap ke seisi rumah. Sirip tumbuh di telapak kaki menjalar ke pinggang dan berlingkar di bawah ketiak. Aku membuka tas di Sultan, Jakarta di tengah pulau Jawa yang ingin aku sebut rumah asli laut. Aroma papaya jingga menyeruak keluar dari sirip di dalam tas kecil. Mantra asing yang merapalkan segala benda dengan nama Dewa Dewi itu hilir mudik di depan pintu kamarku. Sirip menggeliat dan perlahan-lahan menaiki jembatan kayu tua di Pelabuhan Sunda Kelapa. Seorang pria eksotis berwajah hitam mengulurkan tangan dan menarikku ke tiang layar. Dari lapisan kayu kapal yang berasal dari hutan hitam pulau itu masih tertinggal aroma langit rimba. Aku dan kapal kayu mencoba membiasakan diri dengan pemandangan pulau Jawa. Bermandikan sinar matahari senja yang terbenam, aku duduk di tiang layar dan memain-mainkan waktu di sebuah jam tua dengan wajah hampa. Bubuk semen dari sebuah truk merah beraduk dengan busa ombak, lalu diam-diam dioleskan ke pendulum jam yang bundar.

꿈꾸는 감옥
— 2013, 자카르타에 왔다

낯선 길
낯선 얼굴
낯선 방
낯선 식물원
낯선 비
낯선 사원
낯선 기도
낯선 외로움

이국 공주의 편지
이국 왕자의 일기장

낯선 집
낯선 석양
낯선 노래
낯선 왕궁터
낯선 계절
낯선 지도
낯선 고요
낯선 미술관

낯설지 않은, 당신

Penjara yang bermimpi
— 2013, Datang di Jakarta

jalan yang asing

wajah yang asing

kamar yang asing

kebun botani yang asing

hujan yang asing

mesjid yang asing

sembahyang yang asing

kesendirian yang asing

surat dari putri negeri asing

buku harian dari putra negara asing

rumah yang asing

matahari terbenam yang asing

lagu yang asing

tempat istana yang asing

musim yang asing

peta yang asing

kesunyian yang asing

galeri yang asing

kau, yang tidak asing

변신
― 뿔라부안라뚜 해변에서 만난 살아있는 전설

사탄의 집이란다

바다여왕 거처, 시신 없이 얼굴
조각상만 있는 하얀 타일무덤
열망의 꽃잎들, 색색으로 덮여 있다

달 없는 밤이면 초록공주, 풍랑을
타고 와 처소로 삼는다는 벼랑 위의 집

꽃잎무덤에 스며든
바다여신 긴 그림자
슬그머니, 여행에 지친
이국 여자의 손을 잡는다

Perubahan
― Legenda hidup yang bertemu di pantai
Pelabuhan Ratu

kabarnya rumah itu dihuni roh lelembut

tempat bersemayam Ratu Laut, kuburan berubin
putih
dengan patung, tanpa wajah
bertabur kelopak-kelopak bunga warna-warni
penuh gairah

pada malam tanpa bulan, rumah di tebing yang
dijadikan tempat kediaman
Ratu Hijau yang datang mengendarai badai

tenggelam dalam timbunan kelopak
bayangan panjang sang Dewi Laut
mengendap-endap, menggamit tangan
perempuan eksotis yang lelah bepergian

커피바위

인니 모로타이 섬
늙은 바위에 집 지은 나무 한 그루
하루 두 번
사람과 시간을 스스로 선택하여
커피향을 전한다

쓸쓸함 가득 채워진 오후 3시

바위나무가 이국 남자를 부른다
남자의 검은 기억 속으로
빨강베리 향기 스미는 중이다

Batu Kopi

pulau Morotai, Indonesia
sebuah rumah pohon berdiri tegak di atas batu tua
dua kali sehari
memilih sendiri antara waktu dan manusia
dan menebarkan aroma kopi

jam tiga petang yang lengang

pohon batu itu memanggil seorang lelaki asing
dalam memori hitam laki-laki itu
aroma berry merah meresap

뜻밖의 소풍

사전을 끌어안고 쓸데없는 이야기나 줄줄이 적거나
기억하는 일 말고도 무슨 죄를 더 지을 것인가,를
고민하며
감옥에 갇히길 꿈꾸던 이병률 시인처럼
말랑말랑 달콤한
감옥에 갇힌 지 사흘 모자라는 한 달

구름과 바람만이 드나드는 자카르타 술탄 29층
몸과 마음이 헐거워진 나는
뒤늦게 온 책 속에 묻혀
매일매일 일기 쓰고
닳아가던 설렘에 비를 뿌리고
안으로 안으로 뼈의 길 만지며
산책에 열중한다

초록에 지친 이국 공원 너머로
한낮의 소란 남겨둔 채 사라지는
적도 근처 석양만이 여행자를 잠재운다

더 이상 지을 죄가 없다

Tamasya Tak Terduga

kupeluk kamus dan kutulis cerita sia-sia
sembari mengingat, dosa apa yang akan kuperbuat
selain beberapa hal yang ada di ingatan
seperti Lee Byung-Ryul yang bermimpi bisa
dipenjara
aku pun sudah sebulan kurang tiga hari terkurung
di penjara
yang lembut dan manis

di Lantai 29 Sultan, Jakarta, hanya awan dan angin
yang datang dan pergi
tubuh dan pikiranku yang longgar
terkubur di tumpukan buku yang tiba terlambat
setiap hari aku menulis catatan harian
menyiramkan hujan ke atas rasa berdebar yang
kian surut
menelusuri garis tulang
memusatkan perhatian pada jalan santaiku

di balik taman asing yang lelah menghijau
matahari terbenam dan hilang di khatulistiwa
meninggalkan kegaduhan siang
dan menidurkan sang pelancong

tak ada lagi yang berdosa

취향의 공유

인니 족자카르타 산꼭대기 오래된 사원
영원한 사랑을 소원하는 남근 돌조각상
사원 안 중앙을 차지하고 있다

이 나라 역사서도 밝히지 못했다는
사원의 정체성은 여전히 비밀이다

한국 배우 공유를 좋아한다는
옆 도시 솔로에서 온 젊은 엄마들
'안녕하세요, 언니'를 외치며
카메라 안으로 이국 여자를 반긴다

문득, 여자들의 시적 취향이 궁금했다

Berbagi Selera

candi kuno di puncak gunung Yogyakarta, Indonesia

patung lingga yang berharap akan cinta abadi

menempati bagian tengah candi

identitas candi ini masih menjadi rahasia

belum terungkap sejarah negeri ini

ibu muda dari kota Solo di sebelahnya

yang menyukai aktor Korea, Gong Yoo

berseru 'Halo, Unnie'

dan menyambut perempuan eksotis di dalam kamera

tiba-tiba, aku ingin tahu selera puitis mereka

롬복섬 안의 작은 섬

1
길리낭구

이국
남자
와
나흘
동안
온전히
서로를
파먹고
싶은

섬

Pulau Kecil di Pulau Lombok

1.

Gili Nanggu

pulau

yang

menggerogot

ingin

saling

sepenuhnya

dengan

laki-laki

eksotis

selama

empat hari

2

다시, 길리낭구

오로지

당신만을 향하여

무릎이 닳도록

기도하고

또

기도하리라

생애 처음

무릎 꿇고

신 앞에 다짐하는

내 영혼의 섬

2.

Gili Nanggu, sekali lagi

hanya

untukmu

aku berdoa

dan berdoa

lagi

hingga lututku rapuh

pertama kali dalam hidup

aku berlutut

bersumpah di hadapan Tuhan

pulau jiwaku

카페 바타비아

누군가의 전생이 궁금하여
그림자 인형극 와양이 보고 싶다면

광장의 평화와 오래전 별들의 얼굴
인니 커피향과 높은 천장 유리종
긴 나무창문들 펄럭이는 여기로 오시라

Kafe Batavia

jika kau ingin menonton wayang kulit

karena ingin tahu kehidupan masa lalu seseorang

datanglah ke tempat ini

di mana ada kedamaian alun-alun dan wajah bintang-bin-

tang masa dulu

rasa kopi Indonesia, lonceng kaca di langit-langit tinggi,

dan jendela kayu panjang berkibar-kibar

죽기 좋은 장소

인니 술라웨시섬 따나 또라자

천 년 된 동굴묘지
헝클어진 바위틈

따우따우라 불리는 목각인형들
말간 얼굴로 두 손 내밀어

이국 여자를 부르네

Tempat yang Baik untuk Mati

tana Toraja di pulau Sulawesi, Indonesia

kuburan goa seribu tahun
batuan kusut

boneka kayu dinamai 'Tau-Tau'
mengulurkan tangan dengan wajah kalis

memanggil seorang perempuan eksotis

망명자의 일기장

지루하지 않을 만큼의 묵직함
아프지 않을 만큼의 고통
기다려도 오지 않을 사람을
기다리는 마른장마의 날들

그 시절은
침울해서 좋았다

적도의 바람은 한결같이 포근했다

꽃들은 열흘에 또 열흘 지칠 줄 모르고
피어서 지는 날이 없었다
침울하지 않아서 슬픈 날들이었다

Buku Harian Pengungsi

begitu berat sampai tak terasakan lagi bosan

begitu dalam derita sampai tak terasakan lagi sakit

seseorang dinanti namun tak kunjung datang

hari–hari menanti hujan kering

masa itu

indah karena kelabu

angin khatulistiwa selalu terasa hangat

bunga–bunga berkembang sepuluh hari dan sepu-

luh hari lagi

tanpa lelah hingga tak pernah kalah

hari yang menyedihkan karena tidak kelabu

3부

BAB 3

Ratna M. Rochiman
라뜨나 엠 로히만

Night At Julia Hotel
— ketika cipulir di bulan juli 2011

Bercadar bedak, wajah tepungmu
topeng erotis penarik birahi lelaki

peluh begitu sintal di tubuhmu,
adalah penebus air susu
yang tumpah di sprei kusam
dalam kamar temaram

sementara
di belahan selatan jakarta
tangis bayi mematikan rasa

mata anak terperangkap di dada
pikiranmu patah terjeda
sisa sisa senggama
penebus makan malam

remang lobby julia hotel
menjadikanmu dewi
untuk sekotak susu bayi

줄리아 호텔의 밤
— 2011년 7월 치푸릴에서

분 묻은 차도르, 회칠한 얼굴
에로틱한 가면으로 너는 남자의 욕망을 자극한다

어두운 방 안
칙칙한 침대 시트 위에 쓰러져
무너진 몸에 흐르는 땀과
분유를 바꾼다

잠시
자카르타 남쪽 한 켠에서
감각을 마비시키는 아기 울음

가슴에 갇힌 아기의 눈
너의 생각은 부서져 멈춘다
남은 성교로
저녁 식사를 구하고

줄리아 호텔 우울한 로비에서
아기의 분유 한 곽을 얻기 위해
너는 여신이 된다

Kapinis

angin di selatan gelisah

ada kapinis panik di langit penuh sayap

ingatannya tersesat antara paruh dan tubuh

angin di utara juga gelisah

ada bayangan kapinis di tanah aroma kayu

kapinis paruh kuning dan tubuh beku

pandanganku tersesat di tubuhnya

칼새

남쪽 바람이 불온하다

하늘에는 공포에 떨며 날개짓하는 칼새

부리와 몸 사이에서 기억은 길을 잃는다

북쪽 바람도 불온하다

나무 향이 자욱한 땅에 칼새의 그림자가 어린다

노란 부리와 몸뚱이가 얼어버린 칼새

나의 시선은 그의 몸 안에서 길을 잃는다

Subuh di Arcamanik
— perempuan penyapu jalan

setelah ujung sapu lidi bersihkan
malam
dzikir subuh bertebaran di atas aspal
nasib perempuan itu sangat sopan
bersimpuh menunggu tuhan lewat
di belokan arcamanik, kerikil pun
berwirid
seumpama tasbih di tangan
senandungkan impian, di sampingnya
malaikat jalanan menahan tangis

ketika plastik chiki,
bungkus permen,
daun kering terkumpul
satu, dua motor melintas
perut bocah di rumah menjerit
namun kepulan debu
tak mengenyangkan

hanya membuat usus melilit

subuh itu ia masih saja berdoa
seperti hari hari yang mati
membuang semua keinginan
hidup seumpama surga
ke dalam karung bekas

perempuan itu
masih meneruskan doanya

아르차마닉의 새벽
— 거리의 청소부 여자

야자수 빗자루 끝에서 밤의 청소가 끝나면
신神을 향한 찬미가 새벽 아스팔트 위로 흩어진다
여자의 삶은 경건하다
무릎을 꿇고, 돌멩이 마저 찬양하며
신이 아르차마닉 거리 모퉁이를
지나가기를 기다린다
손에 쥔 묵주처럼
상처 난 여자의 꿈에
그녀 옆 거리의 천사들도 눈물을 참는다

    치키 과자 봉지와
    사탕 주머니와
    가랑잎을 모을 때,
    하나 둘 오토바이가 지나가고
    집에 남은 소년은 배고픈 비명을 지르지만,
    그럼에도 먼지 뭉치로
    배를 채울 수는 없지
    그저 위장을 뒤틀리게 할 뿐

그 새벽에도 여자는 여전히 기도한다
마치 하루하루 죽을 것처럼
모든 꿈을 버리고
낡은 자루포대 속의
천국을 산다

여자는
기도를 멈추지 않는다

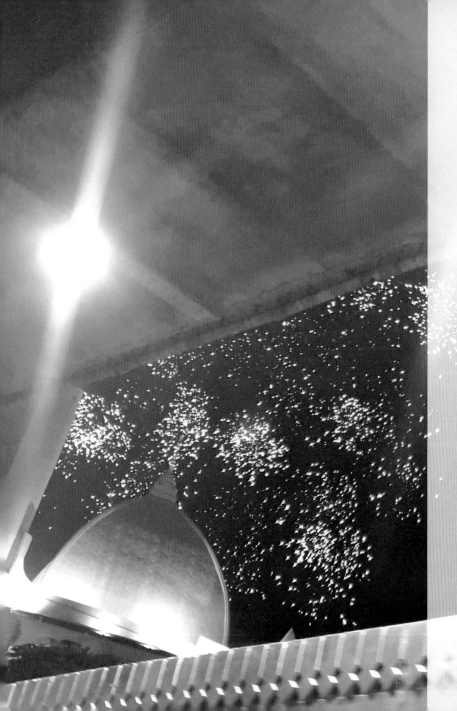

Pagi Terakhir

pagi terakhir di bulan desember

awan awan keabuan seperti rambutmu

saat itu langit tak lebih sejengkal

dari dadaku

aku menulis sajak

di pagi terakhir

aku sepucat lampu jalanan

aku gagal jadi perindu yang sabar

terlalu sulit pahami ruang tubuhmu

seluas ruang pagi ke pagi

simpul simpul waktu membelit

jarak juga jiwamu

sedang aku,

cuma perempuan penembus

subuh

yang mengurai pesan masa lalu

mencari muasal

meretas isyarat masa depan

menerobos takdir

tak memaknai getir kehilangan

sebagai kesalahan

meski aku mengerti mencintaimu

seperti udara pagi bandung

yang menusuk

linu

마지막 아침

십이월 마지막 아침
네 머리카락 같은 회색 구름들
가슴 한 뼘을 넘지 않는 찰나의 하늘

나는 시를 쓴다

마지막 아침
나는 거리의 가로등처럼 창백하다
나는 그리움을 견디는데 실패한다

네 몸의 공간조차 이해할 수 없어
아침에서 아침까지
시간의 마디마디가 꼬인 듯
영혼에 이르는 거리는 멀다

나는 지금도,
나의 기원을 찾아
먼 시간의 전언을 풀며
새벽을 헤쳐나가는 여자

운명을 통과하는
미래의 신호를 찢어버리고
삶의 의미를 잃는
실수를 두려워하지 않는다

당신을 사랑하고 이해하였으나,
반동의 새벽 공기 같은
통증만이
나를 찌를 뿐

Melankolia di Ujung Sabtu

Saat bandung begitu penuh
segelas rhum raisin coffee
dipesan di ujung sabtu
lembayung jatuh di atas photomu

"Igor krutoy meratapi kepergian bidadarinya,
sad angel meniti tangga nada ke langit,
sedang aku melayang layaknya mimpi.
ah, miss you even in my sleep"

segala tentang lagu lagu rusia
membawaku masuk dalam matamu

komposisi yang ganjil
untuk memulai dongeng jatuh cinta
tubuhmu masih jadi silhouette
yang datang lewat abjad abjad
abad sekarang

sekali lagi kukhatamkan photomu
mengamati gurat wajah

dari garis kisah terpisah

telah kau lalui nestapa
kemarin, nasib semacam vodka
memabukan hidup sampai terluka
lalu tersesat di genangan sepi
saint petersburg

sesungguhnya waktu
tak mengajarkan kebohongan
menyembunyikan lara
dalam sorot mata yang terbuka
hingga seluruh biliknya terbaca

sudahlah,

sore ini lembayung bandung
jatuh di photomu
aku terperangkap di dalamnya
sebuah hal yang ajaib
di saat aku cuma ingin melihat
senyummu

토요일 끝의 멜랑콜리아

토요일 끝
한 잔의 럼주와 건포도와 커피로
반둥*이 가득 찬 순간
빛이 당신 사진 위로 떨어진다

　　이고르 크루토이*는 천사의 죽
　음을 탄식하고,
　　슬픈 천사는 하늘로 향하는 음
　계를 밟으며,
　　나는 꿈 속을 떠다니네.
　　아, 꿈속에서라도 보고 싶어요'

러시아의 음률 가득한
당신의 눈 속으로 나를 데려간다

사랑의 동화가 시작되는
기괴한 노래
당신의 몸은
문자를 가르고

현세에 도착한 실루엣

당신의 사진을 완독한다
전설의 경계에서 떨어진 듯한
얼굴 선을 응시한다

당신이라는 비애가 지나간 후
보드카 같은 지난 운명은
상처 입어 취하고
고요한 상트페테르부르크
물웅덩이에서 길을 잃는다

진실로 시간은
거짓을 가르치지 않아
모든 방이 다 읽힐 때까지
열린 눈빛 속에
슬픔을 숨긴다

그랬다,

반둥의 오후 햇빛이

사진 위로 떨어지고
그저 당신의 미소를
보고 싶어
나는 마법의 덫에
걸려들고 말았다

*반둥Bandung: 서부 자바의 주도
*이고르 크루토이Igor Krutoy:
　러시아 작곡가

Surat Santang kepada Rengganis

sejak babad

urung mempertemukan

kita kehilangan raga

Kau terlalu cepat mengiyakan nasib

sedang aku patuh tekuri kesopanan

"lepaskan aku dengan tangan ter-

buka,

rengganis"

karena santang adalah kujang bagi

siliwangi

yang bertempur demi mencintaimu

"kelak kubawa bunga

dari sumedang larang

buat pengharum rambut panjangmu"

meski halimun patuha sembunyikan

wajah

tenanglah, derai cirengganis dari matamu;

mendanau, senantiasa abadi

untuk satu pertemuan

sebab takdir

bukanlah genangan lumpur

yang menyesatkan di kedalaman

dasar situ

ke sanalah perjumpaan digiring;

untuk mengawinkan limpahan rindu.

batu cinta telah disiapkan

sebagai altar penyatuan raga dan ruh

dari renjana yang telah lama ditutupi

karma

kelak keturunan pajajaran menjadi

saksi

asmara pernikahan kelak lebur di pa-

tengan

bersabarlah rengganis

렝가니스*에게 보내는 산탕의 편지

우리는 육체를 잃고
그 연대기 이후로
만날 수 없었다

당신은 너무 일찍 운명에 굴복했고
나는 고개를 떨구며 순순히 받아들였다

> "렝가니스
> 이제 손을 놓고 나를 보내주어요"

산탕은 당신을 사랑하기 위해 싸우는
실리왕이의 단검

> "언젠가 수머당 라랑에서
> 꽃을 가져올거야
> 당신의 긴 머리가 향기롭도록"

고요하여라, 단 한번의 만남을 위해
파투하의 안개가 얼굴을 감춘다 해도

치렝가니스의 눈물이 떨어져
영원한 호수가 되리

진흙 웅덩이에 빠진
운명 때문은 아니었으니
저 근원에서부터 뒤틀린 채 무너진
만남이 있던 곳으로 가라:
그리움의 눈물과 결합하기 위하여

사랑의 돌이 완성되면
긴 세월 카르마에 갇혔던 갈망은
육신와 영혼을 결합한 제단이 되리라
먼 훗날 파텡안 호수에서 사라진 사랑의 결혼식을
순다의 후손들이 증언하리니

침잠하여라, 렝가니스

*순다인들이 살아가는 서부 자바 반둥 지역의 파텡안 호수는, 전쟁으로 연인과 헤어진 렝가니스의 눈물로 만들어졌다는 전설이 있다. 그녀는 연인 산탕을 기다리다가 강가의 돌이 되었다.

Langgam Malam Kapuas

Matamu adalah kapuas

yang mengalirkan langgam malam

sedang mataku adalah muara

bagi segala yang hening

tempat semua gemuruh bermeditasi

Jiwaku seperti perahu lancang kuning

yang tertambat di antara riak sungai

cahaya lampu dan alunan zapin

diam diam hirau, namun tanpa kuasa

sekuntum anggrek mantangai

jatuh dari dadamu

larung sampai ke hilir

tak menyisakan rindu

pilu

카푸아스* 밤의 노래

당신의 눈은
카푸아스 강이 부르는 밤의 노래를 따라 흐른다
나의 눈은
온통 투명한 것들의 하구

사방에서 묵상 소리가 울린다

내 영혼은 강의 잔물결 사이로 정박한
란짱 꾸닝*과도 같구나
램프의 불빛과 자핀*의 흔들림에
조용히 마음을 기울이지만, 힘 없어라

만탕아이*의 한 송이 난초가
너의 가슴으로 떨어져
강 아래로 흘러간다
그리움을 두지 않으련다

애처롭구나

*카푸아스Kapuas: 중부 칼리만탄의 도시
*란짱 꾸닝lancang kuning: 칼리만탄 폰티아낙 지방에
                        있는 배 모양의 식당
*자핀zapin: 믈라유의 노래
*만탕아이Mantangai: 카푸아스 지역의 작은 촌락의 이
                    름이자 난초의 이름

Di Terminal Singaparna

pergi dari tanahmu

adalah jalanan panjang

yang dikeraskan oleh waktu

antara tasik dan bandung

bus antar kota

membawa amanat

menghubungkan masa lalu

dan sekarang

saat itu gerimis

berbagi kebimbangan

terminal melambaikan tangannya

mengucapkan selamat tinggal

isyarat isyarat mata

si pengantar tak terjelaskan

sementara riuh pedagang asongan

merampas semua pendengaran

aku mengemas jalan cerita

yang tersendat dalam satu kisah

berjudul perpisahan

di terminal Singaparna

bathinku binasa terburai

kegembiraan pun usai

ternyata terminal melepaskan kita

menuju kota yang berjarak

lalu rindu pun berkerak

싱아파란 터미널에서

호수와 반등 사이
당신의 고향을 떠난다
시간이 흐를수록 고통스러운
머나먼 여정이다

시외 버스는
과거와 현재를
연결하는
임무를 수행한다

그 시간 이슬비는
주저하며 내리고
터미널은 작별 인사를 하며
손을 흔든다

소란스러운 행상들에게
온 청력을 빼앗기느라
안내원이 보낸 눈짓의 의미를
읽을 수 없다

나는 '이별'이라는 제목으로
신화 속에서 끊어져버린
사랑의 이야기를 끝내기로 한다

싱아파란 터미널에서
마음은 부서지고 터져버리고
행복마저 끝났다

터미널은 멀리 있는 도시를 향해
우리를 놓아버린 게 분명해
그리고, 그리움조차 말라버리겠지

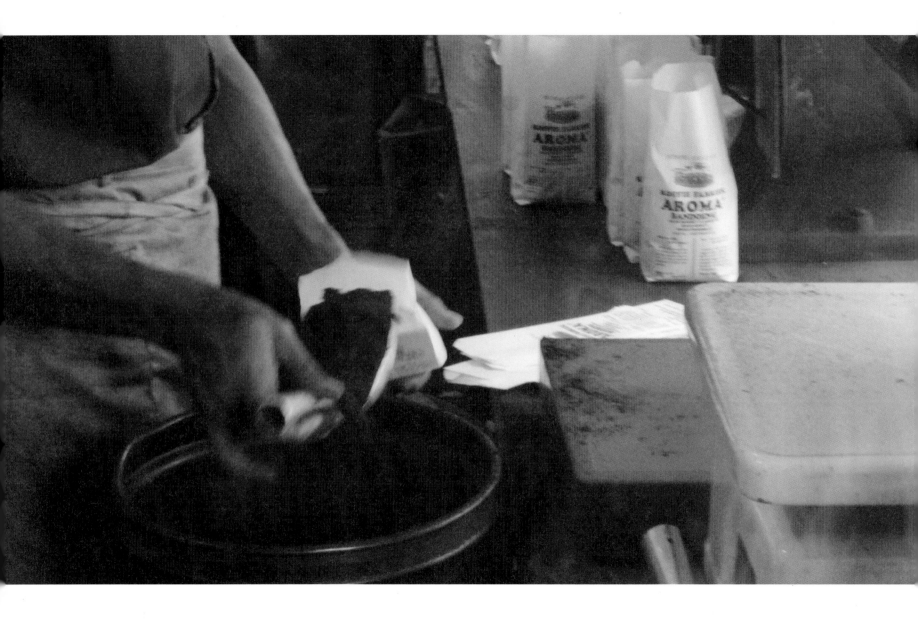

Hakikat Kopi

Bercangkir cangkir kopi
tak juga menuntaskan segala tanya.
hanya menyuguhkan banyak cerita
tak usai

tentang rasa pahit
dari satu kisah ke kisah yang lain
semua
samar

bercangkir cangkir kopi
hanya membuat mabuk
lalu seolah olah lupa

di cangkir terakhir
kopi menjatuhkan waktunya
melambungkan, keinginan
ditegukan penghabisan

esok semua akan kembali
minum bercangkir cangkir kopi
sambil terus bertanya Tanya

커피의 본질

커피 몇 잔으로
모든 질문을 끝낼 순 없지
아직 끝나지 않는
많은 이야기를 보여줄 뿐

모든
비밀스러운
쓴 맛에 대하여
하나의 이야기에서 다른 이야기로

몇 잔의 커피는
마치 모든 걸 잊어버릴 것처럼
취하게 할 뿐이지

마지막 커피 한잔에
시간을 빠뜨리고
추억을 던지며
한 모금 삼키는 거야

내일은 모든 게 돌아오겠지
몇 잔의 커피를 마시며
묻고 또 물었지

Perjalanan Mimpi Sang Dewi

— ketika cipulir

malam tua telah sampai di ujung
langkah
pagi belia merangkak menuju
pangkuan
pelacur senja, mengerang
setelah debu jakarta menyesatkan
kantuk dan lapar terpenjara

dewi dari matamu
jejak batu berlumut

jalanan mengeringkan pohon
impian yang terbakar di sebatang
rokok

dewi dari bibirmu
tapak tanah berkerak

di kesunyian yang mengeras
wajahmu bunga kering
kemarau jakarta menggantung
di langit kerontang
kau masih mencari tuhan

dewi mimpimu
gerah, tak berdarah
tuhan yang pemurah

kau tersenyum

데위 여신의 꿈
— 치푸릴의 시간

치푸릴의 깊은 밤이 마지막에 닿으면,
그녀는 무릎을 기며 아침을 향해 나아간다
타락한 자카르타의 먼지에 신음하며
졸음과 굶주림에 갇히고 말았던
황혼의 창녀

　　　　당신 눈 속의 데위 여신
　　　　이끼 낀 돌의 발자국

말라버린 나무의 길과
담배 한 개비에 타버린 꿈

　　　　당신 입술의 데위 여신
　　　　말라붙어 딱딱해진 땅의 흔적

당신의 얼굴은 말린 꽃처럼
고요하게 굳어가고
자카르타의 건기는
바싹 마른 하늘에 걸린다

당신은 지금도 신神을 찾는다

　　　　무더운 당신의 꿈
　　　　데위, 피가 흐르지 않은
　　　　너그러운 신神

당신은 미소 짓는다

*데위 여신은 인도네시아에서 대지에 풍요를 내리
　는 여신이다.

4부
BAB 4

채인숙
Chae In Sook

라라 종그랑

사랑은
아침이 오기 전에
천 개의 사원을 세우는 일
한 개의 우물을 파는 일

아버지의 원수가 그랬듯이
어머니의 애인이 그랬듯이

마지막 행이 사라진 시를 적는 일
부르다 남은 노래의 후렴구를 찾는 일

새벽 닭 우는 소리에
놀란 영혼들이
땅 속으로 숨어들면
사랑에 실패한 신神들의 심장이
깜보자 꽃 무더기로
뚝뚝 떨어지고

문득

우리는
이별하겠지만

나, 여기
지상의 아름다운 벼랑이 되어
그대가 바치는 기도 소리를 들으며
온 힘을 다해 사라져 가리

*라라 종그랑: 아버지를 죽인 원수의 사
랑을 거부하고 아름다운 프람바난 사
원으로 변했다는 자바의 공주.

Lara Djonggrang

cinta itulah

yang membangun seribu candi

yang menggali sebuah perigi

sebelum datang pagi

seperti musuh ayahku

seperti kekasih ibuku

menulis puisi yang baris terakhirnya hilang

mencari chorus pada lagu yang belum tuntas

komplotan lelembut yang terkejut

oleh kokok ayam menjelang subuh

bersembunyi di lubuk tanah

jatung dewa yang gagal dalam cinta

berjatuhan

menimpa tumpukan bunga kamboja

suatu hari

kita

akan putus

aku, di sini

menjadi tebing yang indah di tanah

mendengarkan suara doamu

dengan sekuat tenaga aku akan menghilang

*Rara Jonggrang: Seorang putri Jawa yang menolak untuk menikahi seorang pangeran yang telah membunuh ayahnya dan akhirnya menjelma menjadi Candi Prambanan.

순다

　세상천지 바람이 없는 곳은 없다고 너는 말했다 순다 열도의 가장자리를 떠나오던 밤 별은 부서져라 바다를 비추는데 생살의 바람을 처음 만난 나는 파도의 운율로 바람을 읽으며 한 점點으로 떠다니는 우리의 불온한 전생을 기억했다 세상천지 바람이 가지 않는 곳은 없다고 위로했지만 이미 놓쳐버린 전생의 어느 밤 행여 나는 별빛에 눈이 멀어 검은 머리카락의 너를 지나쳐버린 건 아닌지 몇 겁의 생을 건너온 바람이 망망대해의 순다를 쓰다듬을 때마다 잊혀진 이름들이 빛처럼 떠올라 나는 몸보다 눈물이 먼저 차올랐다.

Sunda

　Tak ada dunia tanpa angin, katamu. Cahaya bintang-bintang malam yang pergi meninggalkan tepi kepulauan Sunda itu menyinari lautan seakan ingin memecahkannya. Aku yang pertama kali bersentuhan dengan angin ini mencoba membaca angin dengan irama ombak dan merenungkan kehidupan buruk kita di masa lalu yang melayang-layang di salah satu sudut benakku. Tak ada dunia tanpa angin, hiburmu. Namun, di suatu malam yang telah kulalui di masa silam, mataku dibutakan cahaya bintang sehingga aku bertanya-tanya, apakah aku melewati sosok rambut hitammu begitu saja. Setiap kali angin datang melintasi lapisan-lapisan kehidupan dan membelai Laut Sunda, nama-nama yang terlupakan terbang bagaikan cahaya. Air mata pun membanjiri seisi tubuhku.

디엥고원

1

열대에도 찬 바람이 분다

가장 단순한 기도를 바치기 위해
맨발의 여자들이 회색의 화산재를
밟으며
사라진 사원을 오른다

한 여자가 산꼭대기에 닿을 때마다
새로운 태양이 한 개씩 태어난다

2

무릎이 없는 영혼들이
사라진 사원 옆에서 에델바이스로
핀다
몇 생을 거쳐 기척도 없이 피어난다

땅의 뜨거움과
하늘의 차가움을 견디며
천 년을 끓어 오르는 화산 속으로

여자들이 꽃을 던진다

3

어둠의 고원을 거니는 것은
만삭의 바람

여자들의 맨발을 어루만지던
안개의 진흙이
제 몸을 돋우어 사원을 짓는다

4

똑같은 계절이 오고 또 간다

모두가 신은 없다는데
나는 오늘도 기도가 남았다

*디엥고원: 인도네시아 중부 자바
의 복합 분화구 지역. 자바에서 가
장 오래된 사원 유적지로 서기 950
년 경 400여 개 이상의 힌두사원이
지어졌다고 전해진다. 현재는 8개
만 남아있다.

Dataran Tinggi Dieng

1

angin dingin pun bertiup di daerah tropis

untuk mempersembahkan doa yang paling sederhana
perempuan bertelanjang kaki menginjak hamparan
abu
dan menaiki candi yang silam

setiap kali seorang perempuan menyentuh puncak
gunung
satu matahari baru lahir

2

jiwa yang tak berlutut
menjelma edelweiss di sebelah candi yang hilang
tumbuh bertahun-tahun tanpa bergeming

menahan panasnya bumi dan dinginnya langit
para perempuan melempar bunga
ke dalam kawah gunung berapi yang mendidih seri-
bu tahun

3

yang berjalan melewati dataran tinggi yang gelap itu
ibarat angin yang hamil tua

lumpur kabut
mengusap kaki telanjang perempuan
yang membangun candi dengan menumpuk diri
sendiri

4

musim yang sama datang dan pergi silih berganti

setiap orang bilang tidak ada Tuhan,
doa hari ini masih ada

*Dataran Tinggi Dieng: kawasan vulkanik aktif
di Jawa Tengah. Dikatakan bahwa lebih dari
400 candi Hindu yang dibangun 950M. Itu
paling tua di pulau Jawa, saat ini hanya 8 candi
yang tinggal.

손수건나무

지상의 모든 이별은 나무에 매달려 있다

어제 읽었던 소설의 마지막 문장은 시시했다
주인공은 사라졌고 사람들은 손을 흔들었을 뿐이다

오래 전부터
거기 손수건나무가 서 있었던 것처럼

슬픔은 언제나 끝이 보이지 않아서 슬프다

Pohon Saputangan

semua perpisahan di tanah ini bergantung pada
pohon

kalimat terakhir dari novel yang kubaca kemarin
membosankan

tokoh utama menghilang begitu saja dan orang-
orang hanya melambaikan tangan.

seakan pohon saputangan telah lama berdiri

kesedihan yang tak berujung itu amatlah menye-
dihkan

그림자극을 보는 저녁

1

완전한 어둠이 오기 전까지 밤은
장막을 내리지 않았네

눈물이 가는 길을 따라 걷다 지친
여자들이 멀건 얼굴을 문지르며 극장
으로 들어서네
그대가 오지 않는 축제가 시작되네

여가수는 습기와 곰팡이로 얼굴을
화장하고 무릎을 꿇고 앉아 가늘고
긴 고성으로 노래를 부르네
봉분 같은 머리채가 등 뒤로 사라
지네

눈도 없고 입술도 없는 밤이 오고
있었네

2

그림자 인형은 밤의 램프를 품고
그대가 부쳐온 편지를 읽네

그림자를 쥔 손이 바르르 떨리네

빛에 숨었으므로 어디에도 빛은 보
이지 않네

밤이 밤 너머로 사라지고 그대 얼
굴 같은 새벽이 열리네
나는 밥물을 맞추러 그림자극장을
나서네

두 번 다시 그대에게 돌아가지 않
으리

Menonton Wayang Kulit di Suatu Petang

1

hingga gelap datang
malam tak kunjung menurunkan tirainya

menyusuri jalan air mata
wanita–wanita yang letih
memasuki arena pertunjukan
sembari mengusap muka pucat

festival dimulai
tanpa keberadaanmu

sinden wanita ini
dengan wajah berhiaskan jamur dan udara lembab
duduk bersimpuh
dan mulai menembang
dengan suara tipis, panjang, dan tinggi

rambutnya yang bagai gundukan makam
menghilang di belakang

malam hadir

tanpa mata
dan bibir.

2

wayang kulit ini
membaca suratmu
dalam pelukan lampu malam

tangan ini bergetar memegang bayangan

tersembunyi dalam cahaya
di mana pun tak nampak cahaya

sehabis terpuruk,
malam sungguh lenyap sepenuhnya,
akhirnya kaulah yang ada
di dalam mataku

dini hari yang pasi tiba
untuk berlekas menanak nasi
aku
bergegas meninggalkan arena pertunjukan

tak akan pernah kembali padamu lagi

바틱

글자가 없는 편지를 적습니다

검은 눈물을 찍어
기억도 가뭇없는
옛사람의 이름을 부릅니다

계절도 없이 흔들리며
어느 날은
당신을 사랑하고
어느 날은
당신을 증오했습니다

그립다는 말은
전할 수 없어
차라리 다행입니다

Batik

surat ditulis tak berhuruf

dicelupkan pada air mata hitam
dan memanggil nama seseorang
yang telah lama hilang di ingatan

bergoyang tanpa kenal musim
suatu hari
aku cinta kau
suatu hari
aku membenci kau

rasanya lebih baik
ucapan rinduku padamu
tak tersampaikan

오래된 아침

초록이 아닌 것은 어떤 집의 배경
도 되지 않는 섬 나라로 왔습니다

가져 온 여름 옷 몇 벌을 벽에 걸어
놓고 걷는 사람보다 서 있는 나무가
더 많은 길을 뒤꿈치를 들고 천천히
걷습니다

해가 뜨기 전 기도를 끝내고 다시
날이 저물기 전에는 윗옷을 걸치지
않는 남자들이 집 앞에 몰려 앉아 체
스를 둡니다

눈이 내리는 풍경을 한 번도 보지
못한 여자들은 푸른 히잡을 쓴 채 나
무 아래 좌판을 펼칩니다

밤새 우린 약초 물을 바구니 가득
세워놓고 지나는 사람들과 눈을 마주

칩니다

동네 공동묘지에는 새벽에 둔 꽃다
발이 벌써 시들 준비를 하는데 사람들
의 미소는 종일 싱그럽습니다

지천으로 떨어진 열대 꽃을 주워 식
탁 위에 올려놓으면 오랜 이름들이 하
나둘씩 잊혀갑니다

견딜 수 없는 것들은 견디지 않아도
된다고, 떠나온 나라는 아직 그립지
않습니다

Pagi yang Silam

aku datang ke negara kepulauan yang rumah-rumahnya tak berlatar hijau

beberapa pakaian musim panas yang kubawa menggantung di dinding dan aku berjinjit pelan di jalan yang lebih dipenuhi jajaran pohon daripada orang berjalan

laki-laki yang menyelesaikan doanya sebelum matahari terbit dan tak mengenakan atasan lagi sampai sebelum matahari terbenam itu duduk berkumpul dan bermain catur di beranda

perempuan-perempuan berjilbab biru yang belum pernah melihat pemandangan bersalju, membentangkan bangku di bawah naungan pohon

semalam kita menata botol-botol jamu di bakul dan bersitatap dengan orang yang lewat

di pemakaman daerah, karangan bunga yang diletakkan sejak subuh mulai layu, tetapi senyum orang-orang terus segar dan harum sepanjang waktu

pungut bunga-bunga tropis yang jatuh ke tanah dan letakkan di atas meja, maka nama-nama lama akan terlupakan satu demi satu

tak perlu menahan hal-hal yang tidak tertahankan, aku belum merindukan negeri yang kutinggalkan

천 개의 문*

저녁 무렵 자바 섬 북쪽 항구에 닿았습니다

바람만이 문을 열고 드나드는 집에서

할머니가 물려 준 초록 레이스로

옷을 지어 입은 여자를 만났습니다

무엇도 되고 싶지 않았으므로

여자는 자라서

겨우 시를 쓸 수 있었다고 말했습니다

새벽 다섯 시의 창녀*처럼 시를 쓴다고

지친 얼굴로 웃었습니다

나는 당신에게 연애편지를 쓰려던

분홍 볼펜을 여자에게 주었습니다

당신과 나의 슬픔이 만나

천 개의 문이 되는 집 앞에서

당신이 부르다 울었던

몇 곡의 노래를 떠올렸습니다

세월이 거짓말을 가르쳐 주었다고

쉽게 부서지는 것들만 사랑하였다고

천 개의 문고리마다

당신에게 보내는

첩첩산중의 마음이 걸렸습니다

*중부 자바 스마랑의 라왕세우(Lawang sewu)
*에밀 시오랑의 글에서 인용

Pintu Seribu

menjelang senja, tiba di pelabuhan utara pulau
Jawa.

di rumah yang angin pun bisa membuka pintu
dan keluar masuk,

tampak seorang perempuan berbaju renda hijau

warisan neneknya.

perempuan itu berkata

bahwa ia dulu tidak ingin menjadi apapun

maka ketika dewasa, ia hanya bisa menulis puisi

menulis puisi seperti pelacur pada jam lima pagi

tersenyum dengan wajah lelah

aku memberinya pena merah muda

yang hendak kugunakan untuk menulis surat cinta
untukmu

kau dan kesedihanku bertemu

di depan seribu pintu

aku terkenang beberapa lagu

yang kau lantunkan dengan tangis

bahwa waktu mengajarkan dusta

bahwa hanya mencintai yang mudah patah

di setiap seribu gelang pintu

hati pegunungan bergantung

yang akan kuantarkan padamu

프라무디아를 기억함

우리는 모두 도망자였다

꺾어진 길목마다
적도의 풀이
칼날처럼 흔들렸다

기도는 하지 않았다

부루의 망루에서
편인지 적인지 모를
누군가의 눈 속에 갇혀있을 때조차

브란타스 강이
피로 물들었다는 소식을 들었을 때조차

신에게 삶을 구걸할 순 없으니까

그림자극의 인형들은
오직 그림자의 힘으로
인생을 벼린다

하물며 인간이야!

Teringat Pramoedya

kita semua pelari

di setiap simpang jalan
rumput Khatulistiwa
bergoyang-goyang seperti bilah

aku tidak berdoa

saksikan kematian satu sama lain,
tetapi hanya menyelesaikan kitab suaka
yang baru menjadi aku sesudah menolak aku

aku tidak pernah bisa mengemis kehidupanku
pada siapapun

bahkan saat terjebak di mata seseorang
yang tidak diketahui apakah kawan atau lawan
di Menara Pengawal

bahkan saat mendapat kabar
bahwa Kali Brantas ternodai darah

boneka wayang kulit
hanya dengan kekuatan bayangan
mengasah hidupnya

Apalagi manusia!

암바라와* 편지

계절이 하나밖에 없는 건 계절이 없는
거나 마찬가지라오

여름 끝에 출발한 브리스베인 호는 스
물닷새 망망대해를 지나 여름이 지나도 또
여름이 온다는 남방의 섬나라에 정박했소

붉은 땀으로 얼룩진 적도선을 넘어 불시
착한 여행자의 집은 언제라도 무너질 준비
를 하고 있었지 나는 그 집을 지키는 이방
의 서러운 문지기가 되었다오

어제는 암바라와 밀림에 피는 나무꽃의
이름과 식량배급소 낡은 라디오에서 들었
던 축축한 음악을 당신에게 들려주는 짧은
꿈을 꾸었소

당신은 무사하오?
나는 꿈속에서 되풀이해 물었소

당신은 한 번도 대답하지 않았구려

그래서 묻는다오
당신은 무사한 거요?

나는 날마다 배가 고프고 눈 내리던 겨울
숲, 길 잃은 고라니의 눈동자를 생각하오 대
나무 줄기로 엮은 수용소 담벼락에 기대앉아
낮은 허밍으로 그 울음을 되뇌이지

청빛의 직녀성에서 퍼지던 음악 소리도
혈맹의 핏자국을 씻어내리는 장대비도
당신의 눈물 한 방울보다 무겁진 않구려

세상을 모두 채우는 이름을 가진다는 건
두렵고 허기진 일이오

암바라와로 편지를 보내주겠소?

*1942년 9월 14일, 일제하의 조선인 군무원
1400명이 자바 포로수용소의 감시원으로 차
출되어 자카르타 딴중쁘리옥 항구에 도착했
다. 조선인들은 '고려독립청년당'을 조직하여
일제에 항거하였고, 그중 암바라와 수용소에
배치된 3인이 반란을 일으킨 후 조직의 내부
가 드러날 것을 우려하여 자결하였다.

Surat dari Ambarawa

hanya ada satu musim itu sama artinya dengan tak ada musim

kapal Brisbane yang berangkat pada akhir musim panas itu berlabuh di Negeri Pulau Selatan, tempat musim panas datang dan tak kunjung pergi, setelah mengarungi lautan selama dua puluh lima hari

rumah pelancong yang mendarat di garis khatulistiwa yang dinodai keringat merah ini seolah hampir rubuh. Aku menjadi penjaga pintu asing yang menyedihkan

kemarin aku bermimpi singkat, mendengarkan musik lara dari sebuah radio tua di ruang penyediaan makanan. Radio tua yang dulu pernah memberitahuku nama bunga yang mekar di Ambarawa

apakah kau aman?
aku bertanya berulang kali dalam mimpi

kau tak menjawab sama sekali

jadi aku bertanya kembali,
Apakah kau aman?

setiap hari aku kelaparan dan memikirkan hutan musim dingin yang bersalju tempat para rusa tersesat. Duduk bersandar di dinding ruang tahanan berterali anyaman batang bambu dan mengulangi tangisan itu dengan senandung lirih

suara musik yang berkumandang dari biru Vega, dan hujan badai yang menghanyutkan bercak darah penanda sumpah mati berkalang tanah,
ini tidak lebih berat dari setetes air matamu

memiliki nama yang memenuhi dunia itu menakutkan dan kelaparan

Bolehkah mengirim surat ke Ambarawa?

*Pada 14 September 1942, 1.400 orang tentara militer Korea dikirim sebagai penjaga Penjara Jawa di bawah imperialisme Jepang dan tiba di pelabuhan Tanjung Priok, Jakarta. Masyarakat Korea kemudian membentuk 'Partai Pemuda Merdeka' untuk memprotes imperialisme Jepang dan tiga orang dari mereka melakukan pemberontakan di kamp penjara Ambara dan setelahnya bunuh diri karena takut keberadaan organisasi mereka akan terungkap.

5부

BAB 5

Katherina Achmad
까뜨리나 아마드

Definisi Cinta

Cinta itu ikatan yang membebaskan,

yang saling memberi ruang

untuk menjadi dirinya

masing-masing.

사랑의 정의

사랑은 자유로운 밧줄

서로가

그 자신이 되도록

서로의 방을 내어주는 것

Dosa Mawar

Dosa mawar adalah cantiknya,
yang membuat siapapun terpesona
berusaha memetik
atau memilikinya

Dosa mawar adalah durinya,
yang membuat siapa pun terluka
atau mati

Dosa mawar adalah daunnya,
yang selalu mengejar matahari
tanpa pernah berhenti

Dosa mawar adalah batangnya,
yang membiarkan duri tumbuh
di sekujur tubuhnya

Dosa kita adalah kekaguman,
yang membuat mawar dipetik
terpisah dari rumpunnya.

장미의 죄

장미의 죄는 아름다움
모두가 너를 꺾어
갖고 싶도록
유혹한다

장미의 죄는 가시
누구라도 상처 입고
죽임을 당할 수 있다

장미의 죄는 잎
쉼 없이 태양을 좇는 일을
멈춘 적 없다

장미의 죄는 줄기
온 몸에 가시가 자라도록
내버려 둔다

우리의 죄는 경외심
장미 덤불 속에서
기어이 한 송이 꽃을 꺾어버리고 말지

Melukis Daun

Melukis daun-daun gugur

sampai mereka berubah

menjadi serasah

yang saling melekapkan diri

satu sama lain,

menciptakan ruang hangat

bagi serangga-serangga kecil

untuk berteduh.

Menciptakan relung-relung lembab

bagi permukaan tanah

yang sekian lama terpasung kemarau

Melukis daun-daun gugur

sampai mereka menuntaskan diri

menjadi serasah.

Mati pun mereka masih berguna.

Bagaimana dengan kita?

잎을 그리네

떨어지는 나뭇잎을 그리네

잎이 변하여

마침내 쓰레기가 되어도

서로가 서로에게

달라붙어

따뜻한 방을 만든다네

작은 벌레들이

거기 머물고

오래 죄여있던

땅 위에

촉촉한 틈을 만드네

떨어지는 잎을 그리네

한낱 쓰레기로

삶을 마칠 때조차

잎들은 쓸모를 가졌구나

우리는 어떠한가?

Di Pojok Kantin

duduk berdua
menekuri meja.
"Taplaknya bagus ya?"
ucapmu memulai percakapan.
Aku mengangguk, tak peduli
bagus atau tidak.
"Pesan apa?" tanyamu lagi.
Aku terdiam menyiapkan jawaban.

Kantin terasa sunyi,
dan bunyi satu-satunya
adalah denting sendok menyentuh piring.
Kau tertawa, "Aku mendapat garpu dua-duanya!"
Kemudian waktu menguak begitu cepat,
menguapkan nuansa selaksa makna.

"Kita pulang?"
kau berjalan gagah menghampiri ibu penjaga kantin,
merogoh saku menanyakan harga.
Ibu kantin menatap polos, padamu
"Ngutang lagi, Den?"

(Bandung, 1988)

매점 구석자리에서

둘이 마주 앉아
고개를 숙여 테이블을 본다
"테이블보 근사하다"
너의 한마디로 대화가 시작된다
나는 고개를 끄덕인다, 근사하건 말건
사실 상관도 없지만
"뭐 주문하지?" 다시 묻는다
나는 신중한 대답을 하려고 잠시 입을 다문다

식당은 고요하고,
접시에 숟가락 부딪히는 소리만
쨍그랑
네가 웃는다 "나, 포크만 두 개를 들었어"
시간이 빠르게 흩어지고,
만 개의 의미들이 증발한다

"우리 이제 갈까?"
너는 주인 아주머니께 당당히 걸어가
밥값을 물으며 주머니를 뒤지고
아주머니는 언제나 그래왔다는 듯, 너를 향해
"또 외상인 거니, 댄?"

Ikan Paus yang Tersesat

Seekor ikan paus biru
terdampar,
tubuhnya menggelepar
semua siripnya bergetar.
Ombak yang bergantian menepi
tak cukup mampu
membuatnya bertahan,
apalagi membawanya pergi
seperti hari–hari sebelumnya

Ikan paus biru itu
masih menggerakkan tubuhnya,
sampai kemudian berhenti
dibekukan oleh waktu.

Ombak bergulung beratus kali
sambil merasa sia–sia,
menghempas sekuat tenaga.

Barangkali ikan paus itu
sekadar tidur siang,
nanti sore ia kembali
mengarungi laut biru.

Tapi, ia tetap terdampar.
Tubuhnya yang besar
mulai menyusut.
Ia hanya seekor ikan paus biru
yang gendut
dan senang menyemburkan air
lewat lubang di kepalanya.

Sekian tahun kemudian,
orang–orang menemukan ikan paus itu
terdampar
di bagian belakang sebuah gedung
berwarna biru.

길 잃은 고래

푸른 고래 한 마리가
해안으로 밀려왔다
온 몸을 퍼덕이며
지느러미를 파르르 떨고 있다
해안선을 넘나드는 파도를
더 견딜 힘이 없다
다시는 그를 예전의 일상으로
다시 데려갈 수 없다

그 푸른 고래는
아직 몸을 움직이고 있다
시간이 몸을
마비시킬 때까지

그가 절망에 허우적대는 동안
파도는 변치 않는 힘으로
수백 번을 넘실거린다
어쩌면 고래는
낮잠에서 깨어나,

오후쯤엔 푸른 바다를 가로지르며
돌아갈 수 있을지도 몰라

하지만, 그는 좌초되었지
커다란 몸뚱아리가
점점 말라 간다
단지 덩치 크고
머리 위 구멍으로 물을 뿜기 좋아하는
푸른 고래였을 뿐이었는데

그렇게 세월 흐른 후,
푸른 색이 칠해진
어느 빌딩 뒤편에서
사람들은 해안으로 밀려 왔던
고래를 발견하겠지

Teh Celup Kesatu

Mengapa kita gemar minum kopi

atau teh pekat

padahal rasanya pahit

Sementara itu,

acapkali kita menafikan

kehidupan yang pahit

atau menghujat kepedihan

dan menuduhnya sebagai kesengsaraan

Bagaimana bisa mengenali rasa manis

jika tak pernah merasakan rasa pahit

Bukankah kesempurnaan itu ada

di dalam ketidaksempurnaan?

첫번째 쩔룹* 티

우리는 왜 커피나

진한 차를 좋아할까

쓴맛나는 것들을

생각하면

우리는 자주

고단한 인생을 부정하고

고통을 경멸하며

불행을 비난하지

한번도 쓴맛을 본 적 없다면

단맛은 도대체 어떻게 알 수 있을까

완벽은 불완전함 속에

있는 것이 아니던가?

*쩔룹 티: 인도네시아 인들이 일상에서 즐겨 마시는 차

Teh Celup Kedua

Berulangkali kita dicelupkan

ke dalam lumpur nista,

tercebur masuk kubangan dosa

tenggelam dalam airmata kesedihan,

diombang-ambingkan lautan kerengsaan

tanpa sempat menghindar

apalagi menafikannya

Hidup seperti juga teh celup

pasti berubah rasa

dan Sang Waktu akan menuntaskannya.

두번째 쩔룹 티

우리는 자주

멸시의 진흙 속에 잠기고,

죄악의 수렁에 빠지며,

슬픔의 눈물 속에 침몰한다.

도망칠 기회도

거부할 수도 없이

불행의 바다로 표류한다

인생은 쩔룹 티와 같아서

기어이 맛이 변하고야 마는 것

그리고 시간이 그것을 끝장내지

Fosil Kolak Pisang

Cukuplah sudah,
sekali saja menghangatkan kolak
pisang,
tak perlu dimasukkan kulkas,
dibiarkan beku berhari-hari
sampai kata expired pun ikut
membeku.

panci kolak pisang itu
kau rendam di wadah air.
Lalu, dipindahkan ke microwave
dan kau menghidangkannya
dengan senang hati.

Kami menunda waktu pulang.
Sambil berbagi tawa
kita bertukar cerita,
dari soal sastra sampai
soal cinta yang tak pernah padam

Sisa kolak pisang itu
kau masukkan lagi ke dalam kulkas,
bersama kata expired yang kembali
beku.
Perlahan-lahan
mereka menjadi fosil
yang siap disantap
di kemudian hari.

바나나절임 화석

바나나절임 화석은
한번만 데워도 충분해
냉장고에 넣을 필요도 없지
유통기한조차 얼어버릴 때까지
며칠이고 얼려버리면 돼

너는 바나나절임 냄비를
물통에 담구지
그리곤 전자렌지로 옮겨서
행복한 마음으로
손님에게 대접해

우리는 집으로 돌아갈 시간을 늦추지.
오가는 이야기 속에
한껏 웃음을 나누고
문학과
식지 않는 사랑을 말하지

며칠 뒤

다시 식사 준비를 할 때까지
남은 바나나절임은
다시 냉장고에 넣어
유통기한이란 단어까지 모두 얼려버리지
그것들은 아주 천천히
화석이 될 거야

Kerang Batik

Makan sore
yang bergegas.
Berbagai jenis kerang
siap dipilih
untuk disajikan
dengan saus tiram,
saus badai,
atau saus lada hitam

Saus padang takkan mampu
membuat lidah meradang.
Atau pilih saja saus badai,
rasa pedas yang dahsyat
akan membungkam rasa lapar
hingga terhempas, lepas

Ketika kerang batik
dijadikan pilihan,
ada kelezatan yang terukir

Ada gradasi lembut mengurai warna,
dari coklat, krem sampai ke putih
Membentuk motif simetris

Mereka tak memerlukan canting
dan parafin,
untuk menciptakan alur warna
pada cangkang pelindungnya

바틱 조개

서둘러
저녁 식사를 준비한다
온갖 종류의 조개를
준비한다
굴 소스도 함께
바다이 소스나,
아니면 후추를 뿌려먹도록

빠당소스는 절대로
혀에 염증을 만들지 않아
기막히게 매운
바다이소스를 선택한다면
허기는 가라앉고
자유로운 포만감에 젖을 거야

바틱조개 껍질을
보았을 때,
맛이 무늬로 새겨진 줄 알았지
갈색을 지나 크림색과 하얀색까지

색을 흩뿌리는
부드러운 그라데이션이
대칭을 이루고 있었어.

조개 껍질에
짠띵*으로 물결을 그리기 위해
날염통도
파라핀도 쓸 필요가 없었네

*짠띵: 인도네시아 전통 문양인 바틱을 그릴 때 붓
처럼 쓰이는 도구

Anak Kucing yang Kehilangan Jejak

Jejak anak kucing
yang menginjak lukisan basah,
belum dihapus.
Bantalan kakinya menjadi
cap biru phtalo,
kontras di lantai keramik putih.

Kemarin pagi
anak kucing itu datang lagi,
berusaha masuk
lewat celah pintu yang terbuka.
Seekor cecak memergoki,
dia tertegun, matanya membulat
dan tak jadi masuk.

Dia pun lalu asyik bermain
bersama dua ekor saudaranya.
Sementara itu,

jejaknya di lukisan
sudah berhasil disembunyikan
dalam goresan warna biru phtalo
yang lebih tebal.

Tapi, jejaknya di lantai keramik
belum dihapus.
Dia belum menuliskan namanya
seperti para superstar
menempelkan telapak tangan
dan bibir mereka pada semen basah
di Hollywood Walk of Fame.

Seekor anak kucing yang kehilangan jejak
dan tak punya nama,
tersesat di dalam rumah.
Dia keluar lewat jendela
dan seekor cecak diam-diam
mengaguminya.

길 잃은 새끼 고양이

젖은 그림을 밟고 지나간
새끼 고양이의 발자국이
아직도 지워지지 않았다
고양이 발바닥은
흰 세라믹 바닥과 대조를 이루며
청색 물감 도장을 찍어 놓았다

어제 아침
새끼 고양이가 다시 돌아왔다
열린 문 틈 사이를
비집고 들어오려다
도마뱀 한 마리와 마주치자
그만 눈을 동그랗게 뜬 채
뚝 멈추어 들어오지 않았다

새끼 고양이는
두 마리 형제 고양이와
노느라 정신이 팔렸다.
그림 위 새끼 고양이 발자국은

할퀸 청색 자국 속으로
두텁게 숨겨졌다

하지만 세라믹 바닥 위
발자국은 지워지지 않는다
젖은 시멘트 위에
입술과 손바닥 자국을 새기는
헐리우드의 슈퍼스타들처럼
아직 제 이름을 남기지는 않았지만

이름도 없이 길을 잃은
새끼 고양이 한 마리
집에서 길을 잃었다
그는 창문으로 달아났고
도마뱀은
조용히 그를 사랑한다

Nenden Lilis A 넨덴 릴리스 아 | Penyair · Penerjemah Korektor 시 · 번역감수

Nenden Lilis A. adalah dosen di Departemen Pendidikan Bahasa dan Sastra Indonesia FPBS UPI. Menulis puisi, cerpen, novel, kritik sastra, dan esai yang dimuat di berbagai media massa dan buku. Meraih Penghargaan Pusat Bahasa Kementerian Pendidikan dan Kebudayaan Republik Indonesia. Bersama Prof Shin Young Duk menerjemahkan puisi karya penyair Korea 1) Yun Dong Ju, ke dalam bahasa Indonesia pada buku Langit, Angin, Bintang, dan Puisi (Pustaka Obor, 2018); 2) puisi penyair Korea, Choi, Jun, berjudul Orang Suci, Pohon Kelapa (Kepustakaan Populer Gramedia, 2019); 3) puisi penyair Korea, Moon Changgil (dalam proses terbit).

인도네시아 반둥 교육대학교에서 문학언어교육학과 교수로 재직 중이다. 단편소설과 시, 비평문학, 에세이 등 다양한 작품 활동을 하며 여러 매체에 기고 및 출간하였다. 인도네시아에서 출간된 윤동주 시집『바람과 별과 시』, 최 준 시집『야자수 성자』등의 인도네시아어 번역에 참여하였다.

E mail | nendenlilis@gmail.com
Address | Jl. Lembah Sariwangi No.5 rt 3 rw 15 desa Sariwangi Kec. Parongpong Kab. Bandung Barat. INDONESIA.
HP | +62 85659010178

김길녀 Kim Gil Nyu | 시 Penyair

중학교 때부터 꿈꾸던 문학이론가 대신, 얼떨결에 시인이 되었다. 시집『푸른 징조』와 여행산문집『시인이 만난 인도네시아』등이 있다. 잡지 편집장과 문화 기획자, 라디오 방송 등의 일을 하며 한 시절을 보냈다. 생애 가장 긴 휴가를 받아 인니 자카르타에서 살기도 했다. 음악과 커피와 고요만 있다면, 그곳이 어디든 기꺼이 여행자로 즐기며 지낸다.

Semula, sejak SMP, Kim Gil Nyeo bercita-cita menjadi ahli teori sastra. Namun kemudian ia menjadi penyair. Dia sudah mencetakkan buku puisi 『Gejala Kebiru-biruan』 dan buku esei 『Indonesia bertemu dengan seorang penyair』 Ia pernah menjadi editor majalah, perancang budaya, reporter radio dan lainnya. Sudah pernah tinggal di Jakarta, Indonesia dalam liburan terpanjang di dalam hidupnya. Jika ada musik, kopi dan ketenangan, di mana pun, ia akan menikmatinya sebagai pelancong yang senang.

E mail | namoo0208@hanmail.net
Address | 서울시 서대문구 세무서2길64.102동 708호
HP | +82 1048725401

Ratna M Rochiman 라뜨나 엠 로히만 | 시 Penyair

Ratna M Rochiman adalah pedagang dan penulis. Pendiri dan Ketua Umum Komunitas Penulis Perempuan Indonesia KPPI. Aktif di Majelis Sastra Bandung. Anggota Klub Menulis Kabar Kampus.com. Menulis puisi, cerpen dan artikel. Karyanya dirangkum di berbagai anthologi bersama dan diterbitkan di beberapa media massa.

작가이자 상인인 라트나 엠 로히만 작가는 인도네시아 여성작가협회 설립자이자 회장이며 반둥문학위원회에서 활동 중이다. 주로 시와 단편소설, 사설을 집필하며 여러 매체에 기고했다.

E mail | ratnam.iwan@gmail.com
Address | Jln. Sukasari II nomor 216 RT.05 RW.02 Bandung Jawa Barat 40134. INDONESIA.
HP | +62 89656715386

채인숙 Chae In Sook | 시 · 번역감수 Penyair · Penerjemah Korektor

2015년『실천문학』오장환신인문학상을 받고 등단하였다. 『인도네시아 한인사100년』수석편집장, 〈인작〉편집장, 라디오와 TV다큐멘터리 작가로 일했다. 1999년부터 인도네시아 자카르타와 족자카르타에 거주하며, 인도네시아 문화예술을 소개하는 글을 쓴다.

Pada 2015, ia memulai karir dalam kesusastraan Korea Selatan dengan meraih penghargaan bernama 'Oh Jang-Hwan New Writer Literary Award' yang diselenggarakan penerbitan『Silcheon』pada tahun 2015. Dia pernah menjadi ketua editor『Sejarah Orangkorea 100tahun di Indonesia』dan 〈인작〉, Writer CBS radio dan Writer TV Dokumenter. Ia tinggal di Jakarta dan Yogyakarta, Indonesia sejak tahun 1999 dan memuat artikel yang memperkenalkan budaya dan seni Indonesia pada beberapa media

E mail | zemmachaejkt@gmail.com
Address | PT.Anugerah Abadi Magelang
DUSUN Jalan Demesan DESA No.04/02, Dusun VIII, Girirejo, Kec. Tempuran, Magelang, Jawa Tengah 56161. INDONESIA.
HP | +62 8111048140

Katherina Achmad 까뜨리나 아마드 | 시| Penyair

Katherina Achmad yang punya hobi melukis dan traveling ini, sempat bercita-cita jadi penemu dan arkeolog. Ketertarikan pada sejarah, budaya dan sains mewarnai karya-karyanya. Beberapa puisi dan novelnya sudah diterbitkan.

그림그리기와 여행이 취미이며 발명가와 고고학자가 되고자 하는 꿈을 가지고 있다. 역사, 문화, 과학에 대한 열망이 작품에 영향을 줬다. 여러 권의 시집과 소설집을 출간하였다.

E mail | katherina.achmad@gmail.com
Address | Griya Indah Bogor Blok P No. 9, Jl. K.H. Sholeh Iskandar, Bogor - 16164, INDONESIA.
HP | +62 815 8713873

조현영 Cho Hyun Young | 사진 foto

인도네시아에서 19년째 살고 있으며, 꾸준히 인도네시아에 관한 사진을 찍고 있다. 현재 한인 신문『자카르타 경제신문』편집장이며, 자카르타 인문학 모임 〈인작〉에서 사진 작업에 참여하고 있다.

Ms. Cho Hyun-Young tinggal di Indonesia selama 19 tahun, dia melakukan terus fotografi tentang Indonesia. Dia bekerja sebagai editor di surat kabar Korea 『Jakarta Biz Weekly』 dan Berpartisipasi sebagai fotografer kumpulan ilmu humaniora Jakarta 〈인작〉.

E mail | carnibal86@gmail.com
Address | Premier estate bambu apus blok J2 Jl. Premier Estate No.1, RW.5, Setu, Kec.
　　　　　Cipayung, Kota Jakarta Timur, Daerah Khusus Ibukota Jakarta 13880 INDONESIA.
HP | +62 816793304

노정주 Roh Jung Ju | 번역 Penerjemah

한국외국어대학교 말레이·인도네시아어 통번역학과를 졸업했으며, 인도네시아 국립대학교에서 문학 석사학위를 받고, 현재 박사학위를 취득 중이다. 주인도네시아 한국대사관에서 통번역 전문관으로 근무하다 현재 통번역 프리랜서로 활동한다.

Roh Jung-Ju lulusan Sarjana Malay-Indonesian Interpretation and Translation dari Hankuk University of Foreign Studies(HUFS), mendapat magister ilmu Susastra di University of Indonesia, melanjutkan program doktor ilmu Susastra di University of Indonesia. Setelah kerja sebagai special researcher di Kedutaan Besar Korea untuk Indonesia, saat ini bekerja sebagai freelancer interpretator dan translator.

E mail | joo1466@gmail.com
Address | Apartemen tamansari semanggi, karet semanggi, Jakarta Selatan. INDONESIA.
HP | +62 81285287000

역락
오후시선

오후시선 01
고요한 저녁이 왔다

시 복효근
사진 유운선

■ 2018년 올해의 청소년 교양도서 선정
■ 2019년 세종도서 교양부문 선정

오후시선 02
사이버 페미니스트

시 정진경
사진 이몽로

오후시선 03
그대 불면의 눈꺼풀이여

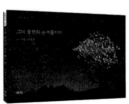

시 · 사진 이원규

■ 2019년 문학나눔 선정

오후시선 04
아침에 쓰는 시

시 전윤호
사진 이수환

오후시선 05
울컥

시 　함순례
사진 박종준

오후시선 06
그대만 아픈 것이 아니다

시 　이수행
사진 박균열

오후시선 07
내가 낸 산길

시 　조해훈
사진 문진우

오후시선 08
파리에서 비를 만나면

시 　나혜경
사진 김동현

오후시선 09
마추픽추에서 띄우는 엽서

시 정 선
사진 정재훈

■ 2020년 문학나눔 선정

오후시선 10
라라 종그랑 *Lara Djonggrang*

시 　넨덴 릴리스 아, 김길녀,
　　라뜨나 엠 로히만, 채인숙,
　　까뜨리나 아마드
사진 조현영

오후시선 10 Antologi Sore 10
라라 종그랑 *Lara Djonggrang*

초판1쇄 인쇄 2021년 2월 22일
초판1쇄 발행 2021년 3월 10일

시 Penyair	Nenden Lilis A 넨덴 릴리스 아 · 김길녀 Kim Gil Nyu
	Ratna M Rohman 라뜨나 엠 로히만 · 채인숙 Chae In Sook
	Katherina Achmad 까뜨리나 아마드
사진 Fotographer	조현영 Cho Hyun Young
번역 Penerjemah	노정주 Roh Jung Ju
감수 Korektor	채인숙 Chae In Sook · Nenden Lilis A 넨덴 릴리스 아
기획 Perencana	김길녀 Kim Gil Nyu
펴낸이	이대현
책임편집	이태곤
편집	권분옥 문선희 임애정 강윤경
디자인	안혜진 최선주
마케팅	박태훈 안현진

펴낸곳	도서출판 역락
출판등록	1999년 4월19일 제303-2002-000014호
주소	서울시 서초구 동광로 46길 6-6 문창빌딩 2층 (우06589)
전화	02-3409-2058
팩스	02-3409-2059
홈페이지	http://www.youkrackbooks.com
이메일	youkrack@hanmail.net

ISBN   979-11-6244-635-5 04810

979-11-6244-304-0 (세트)